DAS UNENDLICHE GESPRÄCH

WALTER HASENCLEVER

In der Bar Santa Maria Mercede

Chor der Kaufleute:

Aus den roten Ozeanen,

Festmoscheen, Goldfasanen,

Aus dem Spuk der Karawanen

Sind wir nun herangespült.

O der Glanz auf allen Spiegeln

Droht uns wieder aufzuwiegeln —

Laßt die Türen gut verriegeln:

Leben wird hier ausgefühlt.

Wißt ihr noch, mit siebzehn Jahren

Dritter Klasse hingefahren

Auf die großen, wunderbaren

Schiffe, die in Hamburg waren!

Banken unsrer Väter krachen,

Mögen wir darüber lachen.

Denn wie Apfel rollt uns kalifornisch Gold.

Heulten Neger, übers Meer geprügelt,

Dampften Pferde westwärts, ungezügelt:

Wen die Gier des Herzens überflügelt,

Dem ist unsre Erde hold!

Manchmal aber schollen Dampfer, Post und Winde;

Einer Ansichtskarte, einem Kinde

Sahen wir die Heimat an.

Und wie übermannte uns der Himmel,

Ersten Hauptbahnhofs Gewimmel —

Ankunft, die man nicht beschreiben kann!

Brach nicht unser Knie bei der Douane,

Fühlten wir die eingebornen Krahne

Und den Leuchtturm wehen von der Küste,

(Die man weinend noch im Ozeane

Überschwenglich zog an alle Brüste!)

Doch nun reicht die Mischung der Getränke,

Daß ein guter Geist uns wieder schenke

Im Unendlichen ein Stelldichein;

Urwald, übertrumpft von Weibern, Flaschen,

Durch die Luft Orkane von Gamaschen

Und im Eise mancher Wein!

Wurden wir nicht einst ertappt von Lehrern,

Hier an diesem Tisch zuerst geschwellt;

Ausgestoßen hat man den Verehrern

Einer größten Welt uns zugesellt.

Nun zurück nach zwanzig bärtigen Jahren!

Alte Stätte, die so weh getan.

Und was damals fünfzig Pfennige waren —

Reiht ihm heute alle Schätze an!

Der Eintretende:

Wie schauert mich, im Duft der ewigen Nächte

Am gleichen Orte wieder zu verweilen!

O könnt ich, Abenteuer, dir enteilen —

Was kommt die Liebe nicht zu jedem Knechte!

Voll ungenossnem Glück und Weltbegehren

Greif ich in später Nacht zu meinem Hut,

Um grenzenlose Wunder zu verehren —

Doch schon am Freudenhause sinkt der Mut.

Und leb ich so, in manchen Tag verschlagen,

Sterb ich des Nachts am Ruhm von Kavalieren.

Mich wird die weiße Weste niemals zieren,

Und keiner wird mir eine Ehre sagen.

Werfel:

An unsern Tisch, wo noch Zigarren ringeln,

Du Mann aus mitternächtgem Pferdetrab!

Leg deinen Mantel, leg den Purpur ab —

Vergiß die Schreibmaschinen, die dich klingeln!

An deine Schöße hingen sich die Gassen,

Doch deine Schritte wehten übers Meer;

Der gleiche Gott der Liebe trieb dich her —

Du wirst die Freudenhäuser nicht mehr hassen.

Vielleicht ist vieler Menschen Todesstunde,

Indes wir uns begegnen hier im All,

Und manches Wesen fällt mit dumpfem Schall

Aus weher Mütter Schoß und Munde

Hinab auf unsern dunkeln Ball.

Mein später Freund, für diese Nacht geboren,

So laß mich etwas Gutes an dir tun!

Hast du die Schlüssel deines Tors verloren,

Sollst du die Nacht in meinem Bette ruhn.

Gott stürzt mich wieder in die Welt hinein —

Klaviere, auf! Ich fühle Angst und Feier.

Empfangt den Geist, ihr bürgerlichen Schreier:

Auch eure Liebe wird unendlich sein —

Denn ich will Gottes Wort in euch vollbringen,

Will Freund und Feind sein, Erde, Hur und Kind;

Doch mehr als allen Glauben will ich singen,

Daß wir im Himmel und auf Erden sind!

Und mehr als alle Demut will ich leiden,

Ein Heiland, den euch der Prophet verhieß;

Wenn einst die Eitelkeiten von euch scheiden,

Verkünd ich euch das große Paradies!

Chor der Damen:

Solange sich die Männer echt gebärden,

Und das Monokel hoch im Auge raucht,

Solange Busen und Korsett gefährden,

Ist unsre Nähe wichtig und erlaucht.

Und spricht ein Herr: „Du bist wie eine Blume",

Und fallen große Häuser bebend ein:

Roger und Gallet regnen die Parfume —

Wir werden niemals überwunden sein.

Kauft uns ein Obst! Bestellt uns eine Mischung!

Wir schenken euch die herrlichste Erfrischung

Vom Müdewerden in die Dämmerung.

Man kennt sich aus in hunderttausend Betten;

Jede Matratze hat ihren Sprung.

Wenn wir den Leib an unsre Strümpfe ketten,

Berauscht uns vieler Nächte Erinnerung.

Wie Sektflaschen schwanger sind von donnerndem Schaume,

So wehen wir auf: ein überall seiendes Ding.

Vielleicht an irgendeinem Wüstensaume

Trifft man sich wieder, ihr Herren vom Ring!

Wer weiß, ob unsre Mutter in Gotha noch Zimmer vermietet;

Ob unsre jüngste Schwester eine Fehlgeburt hat!

Wer bezahlt den Friseur! Wir sind nicht satt.

Wer uns heute abend ein Roastbeaf bietet,

Sei gestürzt in unsre rasende Stadt!

Olly:

Manchmal im Schlaf an meiner Mutter Brüste

Träum ich von dir (ich lieb dich) in der Nacht.

Mein Haar in meiner Hand empfängt die Lüste;

Vom Küssen ist die Mutter aufgewacht.

Sie ruft mich, was ich habe, und berührt mich;

Doch näher schwebt dein Bild wie ein Modell —

Aus Finsternissen wächst es und entführt mich;

Denn du bist bei mir, und ich zucke schnell.

Dann lieg ich lange wach in meinem Hemde

Und sehne mich nach Leid und Glücklichsein;

Mein Bruder, den man totschlug in der Fremde,

Tritt an mein Bett — und Weinen hüllt mich ein.

Noch singen in den Bars die Melodien,

Sind viele Spiegel heiß um mich geschart;

Ich werde manchen Herren noch entfliehen.

Wer holt mich fort zur letzten Droschkenfahrt?

Hasenclever:

Ich trage einen Gott von deiner Erde,

Erscheine denn, gebannt durch mein Gefühl!

Sei etwas, das ich nie besitzen werde —

Einst sollst du reiten auf Tiergarten-Pferde,

Du sechzehnjähriges Tanzgesicht vom Brühl!

Erst wenn du brennst in vielen Herzen,

Entzündet sich dein Herz in mir.

Im gleichen Raum und in den gleichen Schmerzen

Kommen wir näher, Gott, zu dir!

Sei mein Geschöpf! So will ich dich begatten,

Daß du mir gleichst und mit mir wächst ins All;

Noch stehst du ängstlich unter deinem Schatten,

Da ruft dich ferner Spuk und Autoschall.

Ich will dich in Madrid spazieren führen,

Und in Venedig sollst du Hure sein;

Du wirst die Wunder aller Sphären spüren —

So tritt in ihren Zauberkreis hinein!

Erstrahle in Theatern und Parketten,

Nimm Ehre, die dir damenhaft gebührt;

Verlier im Blick die Dirnen und die Betten,

Du Ladenmädel, das ich einst verführt.

Du lebst, für mich gewollt. O ewig Neue!

Die gleiche Flamme lodert uns dahin.

In jedem Abenteuer, jeder Treue

Sei bei mir — doch, sei mehr, als was ich bin.

Hörst du die Gongs der Riviera schallen?

Schon schwebst du, ins Unendliche gerafft.

Ich werde heil aus Aeroplanen fallen,

Denn unser ist die Nacht, millionenhaft!

Bekränze deine Stirne, die entehrte,

Und vor dem Spiegel nimm den neuen Hut

Und schenke deine Gunst, die oft gewährte,

Noch einmal diesem ungeheuren Mut!

Und sei gewiß, daß wir verkommen müssen.

Noch singt die Bar — nun beug im Tanz das Knie —

Erfüllt von allen schmerzlichen Genüssen,

Kehr mir zurück, du süße Melodie!

Chor der Unsichtbaren:

O wo im Raume sind wir hingetrieben,

In welche sternenhafte Ruh geballt!

Fürstinnen nahn nicht wieder, uns zu lieben;

Weshalb ist keine Sehnsucht mehr geblieben,

Was schreckt uns die verlorene Gestalt!

Wir hängen nicht mehr blaß an Telephonen,

Und keine Stimme ruft uns dunkel an.

Wir sind nicht mehr gequält durch unser Wohnen,

Kein Bettler kennt uns, dem man wohlgetan.

Und keine Spange im zerwühlten Lager,

Noch warm von Schlaf, verkündet uns die Nacht.

Kein Jüngling rührt uns, arm, verliebt und hager.

Kein Weib, an Virtuosen aufgewacht.

Uns lockt nicht mehr die Dankbarkeit von Frauen,

Die Mutter werden fromm an einem Kind,

Und von Kokotten, die sich höher bauen,

Weil sie geliebt und auf der Erde sind.

Was unser war, zu sein in diesen Reichen,

Entschwand mit vieler Menschen Leid und Glück.

Wenn wir jetzt einsam durch, die Säle streichen —

Wo ist ein Zauberwort von unsresgleichen!

Und wo ein Gott! Wer findet uns zurück!

Ihr lebt, um euer Herz zu überwinden,

Geschwister jedem Wesen auf der Welt;

Doch seid ihr ins Unendliche gestellt —

So lebt, euch im Unendlichen zu finden.

Begrabt die Liebe und verliert die Schmerzen

Der unerreichten Sehnsucht, die euch quält,

Und ziehet wieder ein in eure Herzen,

Denn alle Erde war durch euch beseelt.

Ihr gingt geschmückt zu einem Maskenballe,

Da fiel ein kranker Mensch am Hause um;

Ihr neigtet euch und wart in seinem Falle

Und halft ihm in ein Sanatorium.

Ihr fühltet Haß und Elend des Verschweinten,

Ihr saht ein Pferd, das sich in Krämpfen wand,

Und wenn Verlassne hinter Brücken weinten,

Nahm euch der Gott an seine Bruderhand.

Nun ruft vergangnes Leben mächtig wieder —

O Träne, die den Ruhelosen trug!

Ihr Gouvernanten und ihr Kirchenlieder

Und erste Wunde, die ein Heimweg schlug!

Bleibt! Haltet ein in letzten Harmonien —

(Erschein im Bild der Nacht, erhabner Mond)

Und offenbart, was im Vorüberfliehen

Die Welt mit stärkerem Gefühl belohnt.

O kehrt zurück, ihr tausendfachen Herzen,

Zum Tod verschwendet an die Sternennacht —

Durch vieles Lieben und durch vieles Schmerzen

Habt ihr die Ewigkeit in uns vollbracht!